ロケットの正午を待っている

波戸岡景太

港の人

目次

ロケットの正午を待っている

スロースロップを追いかけて

文学探訪と聞くと、人はたいてい、文人の足跡を辿りつつ往時をしのぶといった、優雅で奥ゆかしい旅路を思い描くだろう。美しく復元された文豪の生家を訪れ、今も変わらぬ石畳を歩き、詩人に愛された地下酒場のドアをそっと押し開ける——。

だが、ドイツの地に降り立った私がまず訪れたのは、文学の香りとは無縁の史跡だった。たとえばそれは、ハルツ山地の麓に掘られた軍事工場の跡地であり、バルト海を臨むナチス・ロケットの開発基地であった。はたして、そんな場所を文学の舞台にしたのは、いったいどこの誰なのか。

作家の名前は、トマス・ピンチョン。出身は、ニューヨーク州の南東に伸びるロングアイランド。聞き慣れないファミリーネームだが、北米におけるピンチョン家の歴史は長い。

今回の探訪の目的は、そんなピンチョンが一九七三年にあらわした『重力の虹』という小説の舞台を、この目で確かめることだった。刊行から何十年が過ぎようと、いまだ現代文学の代名詞的存在である本作は、真っ暗闇のロンドンに、もう何度目かのナチス・ロケットが飛来するシーンで幕を開ける。

避難を続ける市民がいる一方で、着弾したロケットの残骸を回収してまわる部隊がいる。「V2」と呼ばれるこのロケットは、実は人類史上初めて宇宙空間に到達した飛行物体であり、連合軍はその情報収集に血道をあげているのだ。

大戦末期の諜報合戦と、終戦直後の領土分割をにらんだ各国のかけひき。一流の歴史小説とも、あるいは徹底的にB級であることを追求した実験的なスパイ小説としても読める『重力の虹』は、途中から、その主な舞台をドイツに移す。すでにナチスは降伏し、連合軍は、ヒトラーの指揮のもと秘密裏に進められていたロケット計画の成果を奪い取るべく、四方八方からドイツに進撃していく。そうした中、ピンチョンが私たちのガイド役に選んだのは、「怠惰」(sloth)という単語をそのファミリーネームに溶かし込まれたアメリカ人、タイロン・スロースロップ中尉であった。

パラノイアに苦しみながらも、どこか緊張感に欠けるこの青年は、さながら、ナチスの狂気を未来から見学しにきた、場違いなタイムトラベラーのようでもある。そんなスロースロップの潜入調査から半世紀以上の時を経て、私もその日、ノルトハウゼン近郊の軍事工場「ミッテルヴェルケ」の跡地に足を踏み入れた。硬い山肌をくりぬいて造られたその工場入口は、開発後に大量生産されたV2ロケットの機体を運び出すのにも、なんら支障がないほどに広々としたトンネルとなっている。ガイドに連れられ、明かりの奥へと進むと、深閑とした闇の中には、無数のロケットのパーツが当時のままに打ち捨てられていた。かすかな照明に浮かび上がるその骨組みは、今もまだ、遠くアメリカやロシアの地でふたたび組み立てられる瞬間を待っているかのような不穏さを漂わせている。このとき、私がたしかに感じたのは、小説に導かれ、歴史の深層部を自らのもとへとたぐり寄せる、そんな生々しい感覚だった。

作家や作中の登場人物になりきり、物語の舞台を謙虚に訪ね歩くこと。それが文学探訪にある「奥ゆかしさ」の由来であるとするならば、探訪の「優雅さ」とはきっと、歴史の闇に潜まざるを得なかった存在を、誰かの空想の産物に過ぎない物語の力をかりて、じんわりと、自分たちの生きる世界に息づかせてみたいと願う、そんな文化的ゆとりにこそ由来するのかもしれない――。

そう、『重力の虹』という文学作品のディテールを求めてこの地を訪れた私は、気がつけばいつだって、物語の中のスロースロップのことばかりを思っていた。怠け者で、女好きで、旅を続ければ続けるほど自分というものを失っていくスロースロップ。彼は、歴史を目撃しながらも、歴史に記憶されることのない、どこまでも匿名的な存在であった。そのあきれるほどに凡庸で牧歌的なたたずまいは、実のところ、歴史的悲劇の地を訪ねつつも、素朴なまでに文学の力を信じている、私自身の立ち姿にも重なってくる。

『重力の虹』をめぐるドイツの旅。紛れもなくそれは、私にとっての文学探訪であった。

ナチスの暴挙、同時多発テロの悪夢、世界的な感染症の蔓延。

人類はこれまで、こうした悲劇に直面しては言葉を失うという体験を繰り返してきたけれど、言葉の芸術である文学は、その度に新たな声を獲得し発展を続けてきた。

現代アメリカ文学の最前線を走るジョナサン・サフラン・フォアもまた、ユダヤ系という出自を強く意識しながら、語り得ない悲劇を語ることの苦しさや切なさを巧みに作品に取り込むことで、誰の目にも新しい文学を創出し続けている小説家の一人だ。

たとえば、二〇〇二年のデビュー長篇『エブリシング・イズ・イルミネイテッド』では、粗暴なウクライナの青年が、奇妙な英語を操りながら、こんな具合に語り続ける。

ぼくが産みつけられたのは一九七七年、この物語の主人公と同じ年だ。(1)

この一文からも分かるように、この青年の英語は全くの我流であり、勘違いと思い込みに満ちている。だが、そんな無茶苦茶な言語空間であっても、そこに長く留まっていると、私たちは次第に、正しい物語は必ずしも正しい文法や語彙によってのみ語られるわけではないことに気づかされていく。

こうしたフォアの独特な言語世界は、二〇〇五年のベストセラー小説『ものすごくうるさくて、ありえないほど近い』でも存分に発揮された。ことに、9・11の悲劇によって父親を失ったオスカー少年の語り口は、年不相応の頭でっかちな語彙や発想の横溢が、かえって彼の純粋さを際立たせ、読む者の胸を打つ。

文学作品としては実験的だが、決して高踏的になり過ぎはしないというフォアのスタンスは、二〇一〇年には、英訳されたポーランドのユダヤ文学をまるまる虫食いのように型抜きし、それによって完全なオリジナル小説を生み出すといった『ツリー・オブ・コーズ』へと進化を遂げる。

一方で、その前年に発表された『イーティング・アニマル』では、父親になったフォアが、現代社会における食肉の意味を極めてストレートな語りで追究して大きな話題を呼んだ。

工場化された畜産業と、それに起因する世界規模の感染症の流行。ナチスの迫害を生き延びた祖母のエピソードから始まり、膨大なデータと体当たりの取材によって食肉産業の暗部へと迫っていく同書は、フォアの言葉にもある通り、「心温まる話でもあり、心の痛む話でもあり、つじつまの合わない話でもある」(2)という、極めて文学的なノンフィクション作品となった。

複雑化していく現実に、あくまでも文学の力で対抗していこうとするフォアの作品には、今、世界中から厚い信頼が寄せられている。以前、ユダヤ系文学の先達であるバーナード・マラマッドの『修理屋』を解説したフォアは、こんなことを書いていた。

彼を時代に翻弄され躍動する一つの「生」として描き切ることで、物哀しさを突き抜けた先の喜びといったものを浮かび上がらせてみせるのだった。

また、全米図書賞ファイナリストに選ばれた長篇『グレート・ハウス』では、一台の巨大な机（十九個の引き出しのうち、一つだけに鍵がかかっている）をめぐって、様々な土地に生きた人間たちの不思議な人生の交錯が描かれる。その物語構成の大胆さと語りの繊細さは、「まるで綱渡り、ただしその綱はむき出しになった一本の神経であり、息をのむ私たちの前で、彼女が失敗することはない(4)」という、米国一流誌の賛辞からも伝わってくるだろう。

およそ人生というものは、たとえ小説の中であろうと、コントロールできるものではない。フォアとの結婚生活が解消されたというニュースは、たしかに世界の読書人を驚かせたけれど、だからと言って、何が変わったわけでもない。

人間の根源的な営みについて、分かりやすさよりも、その分かりにくさこそを尊重する、小説家ニコール・クラウス。彼女だからこそ辿り着けた結末の一つひとつは、あなたの読書人生に、新たなターニングポイントを作るだろう。

絶望的で、故障だらけのこの世界が必要としているのは、希望よりももっと価値あるものを与えてくれる、実存的で、読者を行動に駆り立ててくれるような小説だ。……本当の修理屋とは、私たち一人一人のことなのである。(3)

希望よりも、もっと価値あるものを与えてくれる小説が必要だと説くフォア。今世紀の文学を背負っていくこの若き作家に期待される仕事とは、結局、そうした小説を一つでも多くこの世界に産みつける、ということに尽きるのであろう。

ヒーローなき時代の英雄譚

ヒーローの活躍する物語は、大概が子供向きか、余暇に読まれるものとされる。それと言うのも、スーパーマンにせよ、シャーロック・ホームズにせよ、彼らが仲裁する争いや解決を図ろうとする謎は、結局はお膳立てされた作り物に過ぎず、対して、大人たる私たちが向きあうべき現実とは、終わりの見えない紛争と未解決事件に溢れた、ヒーロー不在の世界であるからだ。

けれど、そうしたことを実感しつつも、たとえば老探偵となったホームズが、難民のユダヤ人少年に導かれ、ナチスの空爆に焼け崩れる第二次世界大戦末期のロンドンを目にしていたら何を思っただろうか……と想像力を逞しくしてみるとき、私たちはそこに、新しい物語の可能性を見出すことができるだろう。

アメリカのユダヤ系作家のなかでも、とりわけ人気の高いマイケル・シェイボンは、まさしくそうした破格な想像力の持ち主であり、長篇四作目にあたる『シャーロック・ホームズ最後の解決』は、彼の作品の中でもシンプルかつコンパクトということもあって、格好の入門書となっている。タイトルにある「最後の解決」とは、ホームズ・シリーズの短篇「最後の事件」のパロディであると同時に、ナチスが行った「最終的解決」をも含意している。

一九六三年に生まれたシェイボンは、二十代半ばに発表した長篇『ピッツバーグの秘密の夏』で華々しい文壇デビューを飾った。同作は、繊細な心理描写によって綴られる奔放な性表現という、八〇年代に流行した青春小説の一典型をなしていたが、九五年に刊行された『ワンダー・ボーイズ』以降、彼の小説は重厚さと緻密さを増していき、その文学的評価を高めていく。

とりわけ、『カヴァリエ&クレイの驚くべき冒険』と題された作品は、ドイツに占領されたプラハから奇術さながらに脱出（エスケープ）したユダヤ人青年ジョー・カヴァリエと、アメリカで彼を迎え入れた従兄弟のサム・クレイが、コミック雑誌のヒーロー「エスケーピスト」を二人三脚で創造していく過程を描き、二〇〇一年のピュリッツァー賞に輝いている。

このエスケーピスト、もちろんシェイボンの創作なのだが、背景には、かのスーパーマンの作者もまた、ユダヤ系移民二世の二人組だったという史実がある。ユダヤ文化は、とかく日本人には理解し難いものとして敬遠されがちだけれど、シェイボンの巧みな法螺話に聴き入っていると、彼らの生活様式に親しみすら感じられてくるから不思議なものだ。

そして、もしもイスラエルが建国されず、代わりに、アラスカの特別区にユダヤ人が大量移住していたら、という物騒な設定の『ユダヤ警官同盟』に至っては、壮大なハードボイルド・ミステリーを楽しむうちに、あなたは、複雑なユダヤ文化の内実を窺い知ることができるようになっているだろう。

宗教紛争や人種問題といった究極の難題から目を逸らさずに紡がれる、ヒーローなき時代の英雄譚。それは、故郷を失くした民による自分探しの物語とはならずに、自己を滅却することによる「エスケープ」への飽くなき希求というかたちをとっていく。シェイボンはいう、「世界も、自分の頭も、どちらも一種の牢獄であり、それらは脱出するためにこそ存在している」[5]のだと。

かくして、エスケーピストたる物書きの脱出は幾度となく繰り返される。新世紀のアメリカを代表する小説家となったシェイボンの驚くべき冒険に、終わりはまだ見えないのだ。

メタネズミは語る

アメリカの人々が、「ホロコースト」という歴史的悲劇に強い関心を抱くようになったきっかけとして、一九七八年に放映された連続テレビドラマ『ホロコースト』の成功を挙げる研究者は多い。

このドラマが全米で大きな話題となっていた頃、三十歳になったアート・スピーゲルマンは後に世界的な成功を収めるコミック作品『マウス　アウシュヴィッツを生きのびた父親の物語』の制作に取りかかっていた。アウシュヴィッツ強制収容所の生存者であるポーランド出身の父に取材し、虐殺するものとされるものの関係をネコとネズミといったシンプルな擬人法によって描き出した『マウス』は、妻のフランソワーズとともにスピーゲルマン自身が発行していた前衛コミック雑誌『ロウ』にて連載され、一九八六年に単行本化された。その後、一九九一年に完結篇となる第二部が刊行されると、翌年には、ピュリッツアー特別賞を受賞する。

かくして、名実ともに世界に名だたる「ホロコースト文学」のひとつとなった『マウス』だが、出版後も、「なぜコミックという形式なのか」といった、ジャーナリストや学生たちからの問いかけは止むことがなかったという。そこでスピーゲルマンは、本作完結から二十年が経った二〇一一年に、自作解説の書となる『メタマウス』を刊行。本書で明かされた制作当時のエピソードは、ホロコーストを体験していない彼の、ユダヤ系移民第二世代としての立ち位置を実に分かりやすく教えてくれるものだった。

一九七八年のあの夜、すでに『マウス』の制作を開始していたスピーゲルマンは、ドラマ『ホロコースト』の第一夜を漫画家仲間でもある悪友と、第二夜を両親とともに観た。スピーゲルマンはそして、続く第三夜を、結婚してまだ日の浅いフランソワーズと観る。もちろん、シニカルな若手漫画家であると同時に、ホロコーストの生存者の家族でもある男が、その感傷的なドラマに涙することはなかった。にもかかわらず、若き日のスピーゲルマンは、「誰かが大衆のために物語を織っている」という事実の重大さに、アーティストとして強く感銘を受けたという。
かくして、まだ見ぬ「大衆」に思いを馳せつつ、彼は粘り強く『マウス』を仕上げていった。『メタマウス』の中で、スピーゲルマンは当時の心境を、次のように語っている。

私は特に、ホロコーストものを制作しようと考えていたのではありません。（できればここで、ホロコーストという言葉には括弧をつけさせて下さい。グラフィックノベルという言葉が便宜的なものであるように、ホロコーストという表現も便宜的なものです。私の家族を襲った悲劇はジェノサイドと呼ぶのが適当で、「ホロコースト」には、丸焼きの生け贄、という愚かしい宗教的含みがあります。）『マウス』の主題は、いわば私自身の葛藤であり、私なりの「わが闘争」でした。そして、このプロジェクトを一本の道に見立てるならば、私は終始、その両端に掘られた二つの落とし穴には落っこちまいと踏ん張っていたのです。すなわち、絶対的な悪の権化についてシニカルな見解を述べる似非学者

になり下がることも、凡庸な人間のように感傷に浸ることもすまいと努めていたのです。(6)

史実に基づくドキュメンタリー的要素とともに、読むものを飽きさせないドラマ的要素もふんだんに盛り込んだ『マウス』の成功は、ドイツでも大きな評判を呼んだ。その後、二〇〇一年の同時多発テロに衝撃を受けた彼は、風刺に満ちたコミック『消えたタワーの影のなかで』の制作に取りかかるのだが、企画段階でアメリカの雑誌に拒絶された本作を、どこよりも先に掲載したのがドイツの一流誌であったことは、きっと単なる偶然ではないのだろう。

スピーゲルマンの作品ではいつも、現実に対する徹底した怒りと、理想に対する過剰なまでの愛が、激しくせめぎあっている。そこから生まれてくるものこそは、ホロコーストの生存者のみならず、今そこにある絶望を生き延びなくてはならない全ての人々に捧げられた「アート」の力なのである。

ホロコーストを語ることは難しい、けれど、ホロコーストそれ自体は、誰に語られることも拒まない。

現に、新旧の資料は際限なく編纂され続け、ホロコーストの有無をめぐっての不用意な発言はいつだって新たな諍いの火種となり、ドイツ国内とその周辺国では、今日もまた新しいメモリアルセンターが設立されている。私たちはそして、そのたびにホロコーストについての考えを更新し、ときになにがしかの意見を述べざるを得なくなる。

だが、意見と語りはまったくの別物で、意見においては、話者が自らの立場を表明することに重きが置かれる。つまり、ホロコーストについて意見をする場合、そこで示されるのは、話者とホロコーストとの間にある時間的かつ空間的な隔たりの大きさ（あるいは小ささ）に過ぎない。

対して、ホロコーストを語ることとは、話者がその未曾有の現象に、つかのまであれ一体化しようと試みる、いわば滅私の態度を前提とする行為だ。そこでは、私はホロコーストの一部となり、ホロコーストは私の一部になる。収容所を生き延びた人々の語り＝証言とは、まさしくその典型であって、これを理解することの難しさを、イタリアの哲学者ジョルジョ・アガンベンは、その著書『アウシュヴィッツの残りのもの　アルシーヴと証人』において、こう述べている。

じっさい、一方では、収容所で起こったことは、生き残って証言する者たちにとってはかけがえのない真実であり、そうであるからには、けっして忘れることのできないものである。が、他方では、この真実は、まさにそれ自体としては想像もできないものである。……事実的諸要素を必然的に逸脱してしまっているほどのリアルさ。これがアウシュヴィッツのアポリアである。(7)

事実には収まらない真実。それを持ち得ない「非収容者」であるところの私たちに、ホロコーストを語ることは不可能である。そして、収容者によって語られた真実に対しても、私たちは完全なる理解というものを放棄しなければならない。というのも、アガンベンによれば、私たちに出来ることとは、それを「拙速に理解しようとする」のでも、「理解を拒否する」のでもない、「その隔たりのもとに留まりつづけていること」しか、どうやら残されてはいないらしいのだ。

ところが一方で、ホロコーストは世界共通の「隠喩」として、ときに思いがけない人々の口から語られることがある。ことに小説の登場人物などは、あまりに無防備にそれを口にするから、倫理的かつ理論的な私たち読者は、そのたびに小さく傷つけられる。

たとえば、こんな台詞はどうだろう。

「私ね、バレエダンサーのからだを見ていると、なぜかしらアウシュビッツ（ママ）を思い出すのよね(8)」

これは、吉田修一の短篇小説「パーク・ライフ」からの引用だ。ブリティッシュ・ロックのヒット曲をタイトルとする同作は、いまだ青年らしさを残した「ぼく」を語り手に、日比谷公園を行き交う人々の日常を活写して、二〇〇二年の芥川賞を受賞した。

物語には、とりたてて誰かの成長や得難い体験が描かれるわけではない。吉田文学に特徴的な、互いに近くに暮らしながらも互いの内面を推し量ることを難しいと感じてしまう都市生活者の関係が、この小説の最大の読みどころとなる。先の「アウシュビッツ」をめぐる引用は、その代表的な例で、ここでは、女の口から出し抜けに発せられた「アウシュビッツ」という言葉が、まったく無防備であった語り手の「ぼく」を、一瞬であれ、確実に打ちのめしているのが分かるだろう。

会話の前後を補って、もう一度引用してみよう。

たとえば、以前モーリス・ベジャールのビデオを瑞穂さんと観ていて、「ヘンな意味に取らないでよ」とまず前置きした彼女が、「私ね、バレエダンサーのからだを見てると、なぜかしらアウシュビッツを思い出すのよね」と言ったことがあるのだが、そのときはひどく不謹慎な比較に思えたものの、肉体というものが常に崇高であるとすれば、両極限で同じ輝きを放ってもおかしくないのかもしれない。

「そのときはひどく不謹慎な比較に思えた」と述懐する「ぼく」はあるいはこのとき、大学時代の先輩である瑞穂さんの倫理観すら疑ったのかもしれない。だが、きっとその場は何ごともなくやり過ごした「ぼく」は、後に、「肉体というものが常に崇高であるとすれば、両極限で同じ輝きを放ってもおかしくないのかもしれない」という、奇妙な結論にたどり着く。

ただし、あらかじめ断っておきたいのだが、まちがってもこの一節は吉田修一の思想ではない。そしてもちろん、主人公の「ぼく」にとっても、話をしていた瑞穂さんにとっても、これはただの思い込み、あるいは思いつきというレベルの代物なのだろう。そして、これがすべて思想なき回想であるがゆえに、彼ら（語り手である「ぼく」、瑞穂さん、作者の吉田修一）はそれを口にする＝言語化するにあたって、何重にもエクスキューズをちりばめてみせる。

たとえば、「バレエダンサーのからだ」というイメージが口にされる直前、作者と「ぼく」は、それがモーリス・ベジャール振付のバレエ作品によって喚起されたのだという但し書き（あるいは場面設定）を施すことによって、瑞穂さんの「バレエダンサーのからだ」という不用意な表現に「あらゆるバレエダンサーのからだは○○だ」といった差別的意図を汲み取られないよう、最低限の配慮をしているということ。これと同様に、瑞穂さんの語りを再現するにあたって、作者も「ぼく」も、「「ヘンな意味に取らないでよ」とまず前置きした彼女が」というように、彼女の前置きの意味を重く扱っているのだというジェスチャーを怠らない。

そして、瑞穂さんがさらに「私ね、」といって、それがあくまでも個人的見解であると強調し、続けて「なぜかしら～思い出すのよね」と連想の突飛さを強調するような語りを続けることが、やはりまた、作者と「ぼく」の配慮であり計算であることには注意が必要だろう。なぜなら、この引用箇所で本当に重要なのは、これらの回想の直後にある、「そのときはひどく不謹慎な比較に思えたものの」という前置きによって現在の心境を吐露し始めた「ぼく」の思いつきの方であり、瑞穂さんの発言に対する周到な配慮や弁護は、すべて「ぼく」自身のさらなる発見——「肉体というものが常に崇高であるとすれば、両極限で同じ輝きを放ってもおかしくないのかもしれない」——を正当化するものに他ならないからである。

ところで、「肉体というものが常に崇高であるとすれば」という仮定は、ほとんど反語的である。短篇「パーク・ライフ」のそこかしこで、「ぼく」は、肉体についての考察を執拗に試みているけれど、そのたびに確認されることは、肉体の凡庸性の方であった。

ニュース映像、特に戦禍を伝える映像を音なしで眺めていると、人間とはからだのことなのだと、ひどく当たり前のようで、新鮮な衝撃を与えられる。テレビのボリュームを上げていれば、ビン・ラディンもブッシュもパウエルも、シャロンもアラファトもニュース解説者も、難しい言葉を並べ、あたかもその言葉が思考を生んで、生まれた思考で何かが起こっているように思えるが、その音を消してみれば、人間の思考などどこにも見えず、ただ歩き、座り、横たわる人間のからだしか映っていない。ビン・ラディンの痩せたからだが、何か悪さをするとは思えなかったし、健康的なブッシュのからだが、逆に何かを解決できるとも思えなかった。音のないニュース映像では、なぜかしら、からだだけが不当な被害を受けているようだった。

「ただ歩き、座り、横たわる人間のからだ」に、崇高性は備わっていない。音のない画面に映し出されるすべての「からだ」は、思考もせず、力も奪われた、あたかも不当な被害を受けているような物体である。そして、「ぼく」と瑞穂さんが観ていたバレエダンサーも、やはりテレビの画面の中にあって、不当な被害を受ける一個の「からだ」に他ならなかった。言語を発しない、ただ極限の状態としてのその「からだ」は、あろうことか瑞穂さんの頭の中で、アウシュヴィッツの「からだ」と互いに互いを隠喩する関係を結んでしまった。

アウシュヴィッツの隠喩として思い描かれる、バレエダンサーのからだ。

すでに確認したように、初めてこうした隠喩を耳にした「ぼく」は、そうした「からだ」を肉体の極限と表現していた。けれども、アウシュヴィッツの収容者のそれに限っていえば、極限とは、危険状態に陥った彼らの「からだ」が表わす異常さのことであり、その視覚的に明らかにされた異常さは、アウシュヴィッツという非情な歴史を指し示す、もうひとつの「証言」として機能する。そして、ひとたび「証言」となった「からだ」は——アウシュヴィッツであれバレエダンサーであれ——、アガンベンの説明のとおりに、「それ自体としては想像もできない……事実的諸要素を必然的に逸脱してしまっている」ものとなる。

かくして、先に提示された「肉体というものが常に崇高であるとすれば」という「ぼく」の仮定は証言としての「からだ」を前にして、確実に反語的なものとなるだろう。すなわち、「肉体というものが常に崇高であるとすれば良いのだけれど、そうではないので、極限状態のからだは、それを形容する言葉を、ぼくから不当に奪い去ってしまった」と、あるいは「ぼく」は、そんなふうに語ることだって出来たのだ。

イギリスの文学研究者ロバート・イーグルストンの『ポストモダニズムとホロコーストの否定』は、ホロコースト否定論者を断罪する硬派な思想書である。だが、硬派であるがゆえに、そして徹底してストイックであるがゆえに、彼のテクストの細部には、ホロコーストを語ろうとする人間がしばしば陥る「モラル・ジレンマ」が露わになっている。

最初に、同書の目論見を確認しておこう。「客観的な歴史など存在しない」というポストモダン的言説を否定することなしに、「ホロコーストのような歴史は存在しない」といった否定論者の主張を否定すること。これを完遂するため、イーグルストンはまず、歴史は「歴史学」というジャンルの約束事に則って語られた「物語」に過ぎない、というポストモダン的な考え方を丁寧に解説していく。

その筆運びは、ともすれば否定論者そっちのけで行われるポストモダン談義のように感じられるかもしれないが、実はこれこそ、「否定論は歴史か否か」といった問いかけそのものを無効にするイーグルストン独自の戦略なのであり、彼はここで、何をおいても、「歴史は歴史学から生み出されるのであってその逆では決してない」というポストモダニズムの要諦を、私たち読者に呑み込ませようとする。というのも、ひとたびこのことが了承されれば、「否定論は歴史か否か」と問う必要はなくなると、彼は考えているからだ。

客観的な歴史をふりかざすのではなく、反対に、そうした歴史はないのだと断言するイーグルストンは、先の問いに少しだけ手を加えて、今度は、「否定論は「歴史学」か否か」と私たちに問いかける。もちろん、歴史学という「ジャンル」に当てはめてみようとするならば、否定論者の語り口は、まったくもってその約束事にそぐわない。かくして、歴史が歴史学によって生み出されるとき、歴史学のルールに反する否定論のテクストは、いかなる意味においても歴史ではなくなるのであった。

同書の結論部においてイーグルストンは言う、「多元文化社会は、さまざまな文化が単一の文化へと同化していく社会ではない」と。そして、「ホロコースト否定論者はこの多元的な文化に嫌悪感を抱いている」と抗議の声をあげる。このようなイーグルストンの毅然とした態度は、次の引用に見られるように、否定論者を現代における「悪」であると断罪し、さらには、それとの戦いを全人類の「義務」であるとみなすに至る。

すでに論じたように、ホロコースト否定論者はこの多元的な文化に嫌悪感を抱いている。……私たち、すなわちこの多元的な文化の中に暮らし、参加している者が義務としてなすべきことのひとつには、いつどこで見つけようとも、この憎しみと戦うということも含まれる。ホロコースト否定論は、この戦いの数多い戦線のひとつである。(9)

だがしかし、ここで「義務」という概念を振りかざすイーグルストンの態度が、いささか勇み足のように思えてしまうのは、きっと私だけではないだろう。というのも、多元的な文化の参加者に課せられた「義務」なるものが成立してしまうのであれば、それはそれで、また別の意味の一元的な倫理観というものが前景化し、強制されることとなるからだ。

イーグルストンはまた、こうも述べている。

リオタールが述べているように、「もし証拠を提示するという規則が尊重されないのなら、ガス室が実在したという証拠を提示することはできない」のだ。……議論の余地のない答えがないからといって、こうした説明を書く手段である規則を維持するのをあきらめてよい、そして、さらに重要なことには、そうした規則それ自体がまだ機能していることをたえず確認し、必要なら再調査するのを私たちがあきらめてよい、ということにはならない。

私たちにはナチスの犠牲者、特に「最終的解決」において殺害された人々を記憶にとどめる義務がある以上、このことは重要である。

いかがだろうか。
私はもちろん、イーグルストンの言わんとすることは分かっているつもりである。それでも、一人の主体的な読者として、ついこんなことを思ってしまうのだ。すなわち、私たちは本当に、「ナチスの犠牲者、特に「最終的解決」において殺害された人々を記憶にとどめる義務」を課せられているのだろうか？　課せられているとするならば、いったい誰によってだろう？　まったくの仮定として、あなたがもしも、「歴史としてのホロコーストは否定しないけれど、私の人生において、ホロコーストは忘却されている」とイーグルストンに伝えたならば、あるいは彼は、あなたのことをも批判の対象にするのだろうか？

あなたや私のことはともかく、少なくとも彼は、ホロコーストを忘れようとする彼自身のことを、きっと許しはしないだろう、と私は思う。事実、イーグルストンはこんなふうに、自分自身の振る舞いを検証していた。

(中断――ホロコーストについて書いたり読んだりするのは苦しいことであり、

またそうであるべきだ。しかし、少なくとも私にとっては、ときどき、その主題の本質が、著述や議論の熱気によって一瞬覆い隠されるということが起こってしまうことがある。これは間違っている。だから、比較するのだ。鼻血が出て、あなたの服に血がつくことについて考えてほしい。さらにさらに多くの血がどれだけ――犠牲者の血が――厚手の軍服を「血でひたした」のだろうか、考えて欲しい。一日でだ。そして、あらゆる種類の殺戮が何年にもわたって続いたのだ。このいわゆる「比較」は、本当は比較ですらない。)

この引用の異常さは、その視覚的効果からもすぐに分かるはずだ。文章のあいだに突然挿入される丸カッコ。それ自体がすでに読者に「中断」を強いているのに、あらためてイーグルストン自ら書き付ける「中断」の文字。そして、そこから始まるすべての言葉にむらなく傍点がふられ(原文ではイタリック)、圧倒的な強調が行われていく……。

いったいこの語り手は、ホロコーストを読む自分の身に「ときどき」かつ「一瞬」降りかかってくるという「間違っている」現象――ホロコーストに携わることの苦しみが、読み書きという行為を介することでつかのま癒えること——を、私たちに向かって語りたいのか、語りたくないのか。

つまるところ、丸カッコの中という、地の文から一段下りた場所で語りながら、それでいて、そこで語られる自分の「罪」については文字を強調させながら綴るといったイーグルストンの行為は、先の引用において最終的に行われる自己否定——「鼻血」と「犠牲者の血」を較べつつ、そうした「比較」すら「本当は比較ですらない」とする二重の自己懲罰的態度——を経て、彼自身のモラル・ジレンマの深さを露呈しているのだ。

ホロコーストを「読む」あるいは「書く」という行為は、それが本来的に「読めない」あるいは「書きえない」対象であるがゆえに、私たちに道義的なジレンマをもたらすこととなる。それでは、このようなジレンマに起因する苦しみが「丸カッコ」から溢れ出し、現実問題としてその人間に「罰」を与え始めたとしたらどうなるのか。

とある小説に、こんな会話が出てくる。

「……自分がこれまでに送ってきた人生が、まったく意味を持たない、無駄なものであったように思えてきます。若いときならまだ変革の可能性がありますし、希望を抱くこともできます。でもこの歳になると、過去の重みがずしりとのしかかってきます。簡単にやり直しがききません」

「ナチの強制収容所についての本を読んだことがきっかけになって、そういうことを真剣に考え始められたわけですね」と僕は言った。

「ええ、書かれている内容に、奇妙なくらい個人的なショックを受けたんです。それに加えて彼女との先行きが不鮮明なこともあり、私はしばらくのあいだ軽い中年鬱のような状態に陥っていました。自分とはいったいなにものなのだろう、ずっとそればかり考え込んでいました……」[10]

これは、村上春樹の短篇集『女のいない男たち』に収録された「独立器官」という小説からの引用だ。この短篇において語られるのは、「筋金入りの独身主義者」とも評される五十代前半の美容整形外科医、渡会（とかい）医師の「技巧的な人生」と、その人生に訪れた「悲痛」であると同時に「喜劇的」でもある最終局面である。

端的に言うと、渡会はある日「ナチの強制収容所についての本」を読んだことをきっかけにして、「自分とはいったいなにものなのだろう」という疑問にとりつかれる。このとき同時に、生涯最初で最後の「恋」を経験してしまった渡会は、文字通り何も喉を通らないという状態に陥ると、そのまま餓死という最悪の結末を迎えてしまうのであった。


「亡くなったとき、先生の体重は三十キロ台半ばまで落ちていました」と青年は言った。「普段は七十キロを超えていた人ですから、半分以下の体重になっていたのです。潮が引いた海岸の岩場のように、あばら骨が浮かび上がっていました。目を背けたくなるような姿でした。それは僕に昔記録映画で見た、ナチの強制収容所から救出されたばかりの、ユダヤ人の囚人の痩せ衰えた姿を思い出させました」

強制収容所。そう、彼はある意味で正しい予見を持っていたのだ。自分とはいったいなにものなのだろう、最近になってよくそう考えるんです。

こうした渡会医師の過酷な自死こそは、まさしく、あのイーグルストンの議論のあいだにはさまれた丸カッコによるモラル・ジレンマの独白が、彼のポストモダン論を凌駕するほどに増殖し、遂にひとつの独立した物語を紡いでしまったようなものではないだろうか。自らの未来に「正しい予見」を持っていたのではないかと言われる渡会医師は、かつて語り手の「僕」にこんなふうに自分の苦悩を語っていた。

「……美容整形外科医としての技術と信用を別にすれば、私は何の取り柄もない、何の特技も持たない、ただの五十二歳の男です。いちおう健康ではありますが、若いときより体力は落ちています。激しい肉体労働に長くは耐えきれないでしょう。私が得意なことと言えば、おいしいピノ・ノワールを選んだり、顔の利くレストランや鮨屋やバーを何軒か知っていたり、女性にプレゼントする洒落た装身具を選べたり、ピアノが少し弾けたり（簡単な楽譜なら初見で弾けます）、せいぜいそれくらいです。でももしアウシュヴィッツに送られたら、そんなもの何の役にも立ちません」

もし自分がアウシュヴィッツに送られていたら、もし自分が、かつてアウシュヴィッツに送られたあの「ユダヤ系市民」の「内科医」（渡会は彼の運命について、最近になってから本で読んだのだ）だったら……。

そう、ここに書かれているのは、渡会医師による「仮定」である。そして、渡会のこの「仮定」は、〈鼻血が出て……あなたの服に血がつく……〉と「仮定」したイーグルストンの、あの「比較」と同種のものだ。

ただ、「このいわゆる「比較」は、本当は比較ですらない」と憤ってみせたイーグルストンとは違って、渡会の場合は単純に、「私」と「犠牲者」のきわめてシンプルな同一化に思いを集中させてしまった――「私はそこではっと思ったんです。この医師の辿った恐ろしい運命は、場所と時代さえ違えば、そのまま私の運命であったのかもしれないのだと」。

つまり渡会は、歴史と個人のあいだにしばしば起こるジレンマ（ここで私たちは「ホロコーストについて書いたり読んだりするのは苦しいことであり、またそうであるべきだ。しかし」というイーグルストンの言葉づかいを思い出しておく必要がある）に追い詰められた結果、「これは本当は比較ですらない」という立場にとどまりきれずに、ついに自らをホロコーストの犠牲者に見立てることで、彼の考える歴史との「同一化」をはかってしまったのだ。

そんな渡会を前にして、本作の語り手「僕」は、さながらイーグルストンの立場（このいわゆる「比較」は、本当は比較ですらない）を買って出るようにして、次のように自身の見解を述べている。

> 僕は彼に説明した。僕は出発点が「なにものでもない一介の人間」であり、丸裸同然で人生を開始した。ちょっとした巡り合わせでたまたまものを書き始め、幸運にもなんとかそれで生活できるようになった。だから自分が何の取り柄もなく特技もない、ただの一介の人間であることを認識するために、わざわざアウシュヴィッツ強制収容所みたいな大がかりな仮定を持ち出す必要はないのだ、と。

渡会はそれを聞いてしばし真剣に考え込んでいた。そういう考え方が存在すること自体が、彼にはどうやら初耳であるようだった。

かくして、春樹の短篇においてイーグルストン的な理性のあり方を体現する「僕」は、自らを指して、「なにものでもない一介の人間」と説明する。もちろん、「一介の」という形容も、「なにものでもない」という形容も、どちらも「取るに足らない」という意味だから、同じことを二度繰り返すこと、すなわち、「取るに足らない、本当に取るに足らない人間」と自己アピールすることによって、その語り手が、「取るに足る人生」を送っていること、それも、アウシュヴィッツ強制収容所のような「大がかりな仮定」を持ち出す必要のないほどに唯一無二の人生を送っていることは、読み手である私たちには必要十分なだけ伝わってくる。

結局のところ、春樹の短篇の語り手は、ことホロコーストという問題に関しても、徹底的にタフであるのだ。そして、彼が精神的にタフでいられた最大の理由とは、一方の渡会医師が、こうした議論に関するデリケートさというものすべてを一身に背負って、ひとり静かに餓死してくれたからに他ならない。そもそも、渡会医師の病は、ホロコーストとはなんの関係もなく、ただひとりの女性への恋心が、ホロコーストという「物語」のもつ圧倒的な虚無性を媒介にして、彼の身体を蝕むというものであった。

言うまでもないことだが、僕は渡会医師をとても気の毒に思う。彼の死を心から悼む。食を断ち、飢餓に苛まれて死んでいくのはずいぶん覚悟のいったことだろう。肉体的にも精神的にも、その苦しみは察するに余りある。しかし同時に、自らの存在をゼロに近づけてしまいたいと望むほど深く一人の女性を——それがどんな女性であったかはさておき——彼が愛せたということを僕はある意味、羨ましく思わなくもない。

アウシュヴィッツという「仮定」は、あるものの人生には必要以上のインパクトを持ち、あるものの人生には、どうしても彼らの手にあまる「大がかりなもの」として忌避される。そのことを春樹は、複数の人物を使って実験的に描き出し、そればかりか、「飢餓に苛まれて死んでいく」人間に対してすら、羨望のまなざしを向ける語り手を創出する。

きっと、イーグルストンと春樹を比較した今回の議論の教訓とは、学者は時として、小説家よりもセンシティブな自己をテクストに晒す、ということにつきるのかもしれない。

ホロコーストについて書いたり読んだりするのは苦しいことであり、またそうであるべきだ。しかし、少なくとも私にとっては、ときどき、その主題の本質が、著述や議論の熱気によって一瞬覆い隠されるということが起こってしまうことがある。これは間違っている。

イーグルストンが恐れているもの。それは、物語るという行為につきまとう、熱気という名の「嘘」である。その嘘は、主題の本質を覆い隠し、読み手であるイーグルストンに快楽をもたらす。つまり、語るという行為があまりにたやすく「騙り」に堕してしまうポストモダン的状況に、彼は心の底から怯えているのだろう。だから、彼はテクストのもたらす快楽を否定し、苦しみを称揚する。まるで、渡会医師がそうしたように。

それにしても、嘘は本当に私たちの敵なのだろうか。そもそも、否定論は、嘘としてどのくらい上等な部類に入るというのだろう？
思い出しておきたいのは、この短篇のタイトルが「独立器官」とされていたこと。これは、渡会医師が語り手の「ぼく」に打ち明けた、女性の「嘘」に関する彼独自のいささか偏った見解に由来するものだ。

すべての女性には、嘘をつくための特別な独立器官のようなものが生まれつき具わっている、というのが渡会の個人的意見だった。どんな嘘をどこでどのようにつくか、それは人によって少しずつ違う。しかしすべての女性はどこかの時点で必ず嘘をつくし、それも大事なことで嘘をつく。大事でないことでももちろん嘘はつくけれど、それはそれとして、いちばん大事なところで嘘をつくことをためらわない。そしてそのときほとんどの女性は顔色ひとつ、声音ひとつ変えない。なぜならそれは彼女ではなく、彼女に具わった独立器官が勝手におこなっていることだからだ。

もちろん、こうした渡会の偏見それ自体もまた、春樹のついた「嘘」である。周知のとおり、女性ばかりでなく、小説家というのもやはり、「いちばん大事なところで嘘をつくことをためらわない」生き物なのだ。

渡会医師は、ホロコーストという物語の虚無性に魅入られてしまった悲劇の人物だが、春樹が物語っているのは、そうした虚無性よりももっとゼロに近い「嘘」が、この世には存在するということだった。それは女性の嘘という、ある種の紋切り型によって提示されてはいるものの、要するに、発言者の本心とはまったく別の文脈で生成される「嘘」というものがあるという事実を、この「独立器官」という寓話は静かに、けれども確信に満ちた思いで指摘している。そして、そんな不気味な「器官」の存在は、ひょっとしたら、イーグルストンが恐れる「嘘」すら超越した地点で、ともすれば歴史よりも重みをもった「私たちの人生」にホロコースト以上のインパクトを及ぼしていたりもする……。

思うのだが、その女性が（おそらくは）独立した器官を用いて嘘をついていたのと同じように、もちろん意味あいはいくぶん違うにせよ、渡会医師もまた独立した器官を用いて恋をしていたのだ。それは本人の意思ではどうすることもできない他律的な作用だった。……僕らの人生を高みに押し上げ、谷底に突き落とし、心を戸惑わせ、美しい幻を見せ、時には死にまで追い込んでいくそのような器官の介入がなければ、僕らの人生はきっとずいぶん素っ気ないものになることだろう。

他律的な作用としての嘘を、まるで独立した器官のように受け入れ、ときにそれを「僕らの人生」に欠くべからざる物語として受け入れる態度を、私たちはいかにして保ち続けることができるのか。イーグルストンと春樹という、ふたりの「非収容者」の証言の重なりと隔たりこそが、あるいは私たちが本当に読み込むべき物語であり、テクストであるのかもしれない。

ロケットの正午を待っている

遠浅の海を、ゆっくりと沖にむかって歩く二組のドイツ人カップル。夫たちはわずかにあいだをあけて語り合い、妻たちは手を取り合って下腹をうつ波の冷たさに声を上げる。

ドイツの北端にあるウゼドム島にきて、一週間になろうとしていた。連日の叩きつけるような雨がやみ、久しぶりの太陽だった。南東にポーランドとの国境線を持つこの島は、ドイツでも指折りのリゾートだという。ゆるやかに弧を描きどこまでも伸びる海岸線は、北西でペーネミュンデという町に至る。私たちの浜辺は、そこからわずか数キロという地点にあった。

オストゼーの海水は塩っ辛くないんだって。そう言って波打ち際に走った私の妻は、昼下がりの太陽にヌラヌラと光る藻の群れをさけながら、足を水につけていく。わずかにまくり上げただけのジーンズが心配になるけれど、波は、それを気づかうように彼女のくるぶしだけをさらっていく。揺れる水面に浸した人差し指を、ひとなめ。その仕草は、まるで料理の塩加減を確かめるみたいでおかしい。私の横で砂を掘り続けていた息子と娘が、そんな母親の姿をふしぎそうに見ている。

オストゼー、オストゼー。

車中で繰り返し呼んでいるうちに、バルト海といういかめしい名は霞んでしまった。別にバケーションではないのだからと、水着すら用意しなかった私たちの脇には、売り子から買ったホットドッグとコーヒーの残りが、砂にまみれて置いてある。背中は汗ばんでいても、六月末の北ドイツは、まだ肌寒さがぬけない。

水深が変わったのか、先ほどのカップルたちが、腰で波を押しながら戻ってくる。四人はいずれも、裸のままだ。年齢は私たちよりも少し上だろうか。ヌーディスト専用ビーチはもっと南のはずだが、あるいはそこは、彼らにとっても居心地が悪かったのかもしれない。町の外れのこの浜辺では、裸体と水着と着衣とが、適度な比率で保たれている。

どうやら今が引き時らしい。さっきまで切れ切れだった雲たちが、仲間をかきあつめて空を流れている。

子どもたちを呼びよせ、帰り支度をはじめた。

雨は、降りそうで降らない。

ズボンの裾を下ろしてやると、湿った砂が落ちてきた。そうこうしているうちに、雲の切れ間からまた陽が顔を出し、不意に、子どもたちの短い影が砂浜に伸びる。

それを見て、ああ、ロケット・ヌーンは近いな、と思った。

ロケットの正午。

この言葉を私に教えたのも、トマス・ピンチョンだった。影が東北東に傾くとき、ペーネミュンデの基地から試作ロケットが発射される。遅れてきた正午のサイレンのように、辺りにその音が響き渡る瞬間を、人は「ロケットの正午」と呼んだ——。

V2ロケットの初めての試射成功は、一九四二年十月三日。以後、この島の空気を制圧しながら、堅牢な機体は幾度となく打ち上げられ、そのほとんどはオストゼーに沈んだ。資料によれば、V2ロケットとは、ヒトラーの執念であると同時に、フォン・ブラウンという若きロケット工学者の、テクノロジーの進歩に賭ける狂気であったという。

土砂降りだった三日目の午後、開発基地跡を訪れた私を不安にしたのは、だから、荒涼とした広場に屹立するV2ロケットの模型でもなければ、この島に集められた強制労働者たちの展示パネルでもなかった。そうではなく、オストゼーの片隅に浮かぶ小さな島に突如として到来した、現代テクノロジーのピークというものについて、私たちはいまだに、いかなる評価も下せずにいるという事実。それが私を不安にし、このウゼドム島の滞在を、ずっと寝覚めの悪いものにしていた。

ペーネミュンデの物語が、独自の語り口で今に伝えるのは、テクノロジーの進歩が抱えるアンビバレントな性質だ。

開発基地跡に建つペーネミュンデ歴史技術博物館には、まるで『重力の虹』の世界観を要約するような、そんな文句が掲げてある。けれど、「進歩とはアンビバレントなもの」とする認識の背後には、「夢をかなえるためには悪夢にうなされることもやむなし」という、覚悟とも諦めともつかない思いが潜んでいるから、簡潔な物言いというのは、なかなかどうして難しい。

終戦後、当事者たるフォン・ブラウンを手中に収めたアメリカは、六〇年代の終わりにアポロ計画を成功させ、人類の夢を実現した。しかし、そのアポロの夢の続きに生きようとする私たちは、フォン・ブラウンに導かれたペーネミュンデの悪夢をもまた、改めて生き直さねばならない。

そうした考え方の「種」のようなものを、私はこれまで、ピンチョンというアメリカ人から譲り受けてきた。それはとても幸福な出会いであり、望むべくもない教育であった。ただ、これからもずっとアメリカから日本へと流れ来る物語のみを追いかけていては、ペーネミュンデの悪夢を克服することはできないだろう。

いったい、今世紀のロケット・ヌーンは、どこでそのカウントダウンを始めているのか。

その答えを探して、私は今日も旅を続け、現代小説のページを繰る。

正直、文学を専攻する私にとって、歴史も文化も社会ですらも、それらはまるで遠浅のオストゼーのようだ。浸せども浸せども、濡れるのは足首か、時おり塩加減をみる指先ぐらいのもの。

それでも、海に焦りは禁物だ。水着を持たないからといって、なまじ裸になるわけにもいかないだろう。オストゼーの遅すぎる正午は、油断をすれば風邪をひく。

注　引用の出典表示は初出時のみとする。また、引用文中の中略は「……」で表し、傍点による強調はすべて原文のものである。

（1）Foer, Jonathan Safran. *Everything Is Illuminated.* 2002. New York: Penguin, 2003.
＊訳文は、ジョナサン・サフラン・フォア『エブリシング・イズ・イルミネイテッド』近藤隆文訳、ソニーマガジン、二〇〇四年。

（2）Foer, Jonathan Safran. *Eating Animals.* 2009. New York: Back Bay, 2010. ＊訳文は、フォア『イーティング・アニマル　アメリカ工場式畜産の難題（ジレンマ）』黒川由美訳、東洋書林、二〇一一年。

（3）Foer, Jonathan Safran. Introduction. *The Fixer.* By Bernard Malamud. New York: Farrar, Straus and Giroux, 2011. Kindle.

（4）Goldstein, Rebecca Newberger. "Hearts Full of Sorrow." *New York Times.* New York Times 14 Oct. 2010, Web. 3 Sept. 2015.

（5）Chabon, Michael. “Getting Out.” *Manhood for Amateurs: The Pleasures and Regrets of a Husband, Father, and Son.* 2009. London : Fourth Estate, 2012. Kindle.

（6）Spiegelman, Art. *MetaMaus.* New York : Pantheon, 2011.

（7）アガンベン、ジョルジョ『アウシュヴィッツの残りのもの　アルシーヴと証人』上村忠男・廣石正和訳、月曜社、二〇〇一年。

（8）吉田修一「パーク・ライフ」『パーク・ライフ』文藝春秋、二〇〇二年。

（9）Eaglestone, Robert. *Postmodernism and Holocaust Denial.* Cambridge :Icon, 2001.

＊訳文は、ロバート・イーグルストン『ポストモダニズムとホロコーストの否定』増田珠子訳、岩波書店、二〇〇四年。

（10）村上春樹「独立器官」『女のいない男たち』文藝春秋、二〇一四年。

図版

初出一覧　本書収録にあたり、加筆改稿をした。

スロースロップを追いかけて　季刊広報誌「明治」六三号、二〇一四年七月

物語を産みつける　「毎日新聞」二〇一四年十一月十九日夕刊

分からなさを描くこと　「毎日新聞」二〇一五年三月四日夕刊

ヒーローなき時代の英雄譚　「毎日新聞」二〇一五年二月四日夕刊

メタネズミは語る　「毎日新聞」二〇一四年十月一日夕刊

極限状態のからだ　「ARCANA MUNDI」（柏書房ウェブ）二〇一四年九月

男たちのモラル・ジレンマ　「ARCANA MUNDI」（同）二〇一五年三月

ロケットの正午を待っている　「文學界」（文藝春秋）二〇一二年十一月号

波戸岡景太◎はとおか　けいた
明治大学准教授。アメリカ文学専攻。博士（文学）。
主な著書に、『ピンチョンの動物園』（水声社）、『ラノベのなかの現代日本　ポップ／ぼっち／ノスタルジア』（講談社現代新書）、『オープンスペース・アメリカ　荒野から始まる環境表象文化論』（左右社）がある。

ロケットの正午を待っている

二〇一六年四月二十三日　初版第一刷発行

著　者　波戸岡景太
写　真　波戸岡有貴子
装　幀　飯塚文子
発行者　上野勇治
発　行　港の人
神奈川県鎌倉市由比ガ浜三―一一―四九
〒二四八―〇〇一四
電話〇四六七（六〇）一三七四
ファックス〇四六七（六〇）一三七五
http://www.minatonohito.jp

活版印刷　豊文社印刷所
オフセット印刷製本　創栄図書印刷
ISBN978-4-89629-313-5